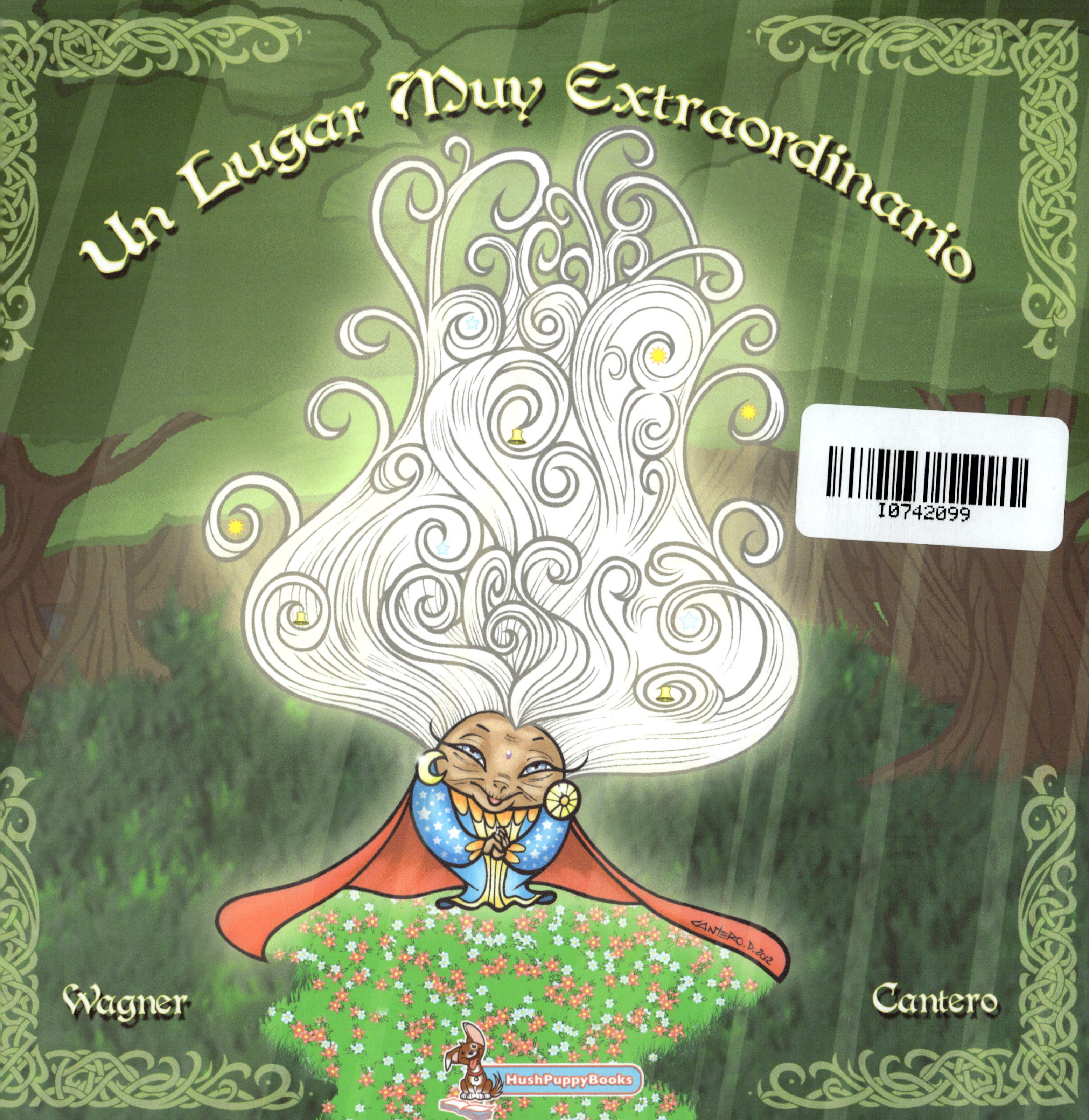
Un Lugar Muy Extraordinario
Wagner
Cantero
HushPuppyBooks

HushPuppyBooks
A VERY EXTRA-ORDINARY PLACE
© Richard Wagner - David Cantero 2012
www.hushpuppybooks.com

Queremos
dar las gracias
a nuestro editor
Kathryn Bates,

dedicado

A mi hermano y hermanas, David

Para James R. Wagner, Richard

Un Lugar Muy Extraordinario

Wagner   Cantero

Érase una vez, hace mucho, mucho tiempo, una aldea ordinaria donde vivía gente ordinaria con vidas ordinarias.

01

Pero en lo alto de la colina,
no muy lejos de la aldea, vivía una mujer extraordinaria.

Era fabulosa y sabia, y había vivido muchos, muchos años.
Se pasaba casi todo el día fantaseando sobre las vidas tristes
y ordinarias de sus ordinarios vecinos.

Sus fantasías estaban repletas de visiones de sus vecinos yendo
y viniendo, sin que se dibujase una simple sonrisa en sus rostros.

No había rastro de risa ni alegría en la aldea,
y esto le partía el corazón.

Las gentes de la aldea habían aprendido a mantenerse
alejadas de la anciana mujer.
Ni se les pasaba por la cabeza aproximarse a su casita.
Sabían que tenía poderes mágicos y les daba miedo.

Era tan, tan diferente a ellos.

Los ordinarios aldeanos hacían cosas ordinarias. Se levantaban por la mañana y hacían sus ordinarias tareas.

Al anochecer volvían al hogar, a sus ordinarias casas. Cenaban algo ordinario y se iban a la cama. Todos dormían, pero ninguno soñaba nunca.

Los aldeanos vestían ropas ordinarias de colores ordinarios. Decían cosas ordinarias y pensaban pensamientos ordinarios.

ZZZZZZ...
VIII
05

La sabia anciana, en cambio,
hacía cosas extraordinarias.

Hacía caer la lluvia, y hacía brillar el sol.
Hacía crecer los árboles, y florecer las flores.

Hacía volar los pájaros y nadar los peces.

¡Era todo un prodigio!

La anciana vestía ropas tan extraordinarias
como pueda imaginarse.

Llevaba campanas y estrellas y lunas
en sus bellísimos cabellos.

¡Por no hablar de los colores que llevaba!
Pues eran los colores más extraordinarios del lugar.

Azul por todos lados, muchos tonos colorados,
un poquito de oro y otra pizca de
plateado.

La sabia anciana pensaba
pensamientos extraordinarios.

A menudo se sentaba y reflexionaba:
«¿No sería la vida en la aldea más
divertida si mis vecinos no fuesen tan ordinarios?
Estoy segura de que serían más felices
con un poco de alegría en sus vidas».

Tenía muchas ganas de llevar a sus
vecinos la alegría que les faltaba.

¿Pero cómo hacerlo sin asustarlos?

Pensó,
y pensó,
y pensó aún más.

Fue entonces cuando,
un día cualquiera, mientras se miraba
al espejo, la maravillosa anciana se dio
cuenta de algo extraordinario.

Notó que,
cubriendo sus hermosos cabellos
y su extraordinaria vestimenta, se
parecía mucho a sus vecinos.

Y es ahora cuando nuestra historia
da un giro de lo más extraordinario.

La sabia anciana decidió que
haría una visita a la aldea.

Pero primero debía disfrazarse para tener
el aspecto de sus vecinos. Y eso es,
ni más ni menos, lo que hizo.

CANTERO 2022

Escondida en el fondo del armario
encontró una capa vieja y rarísima, como
esas que vestían sus vecinos.

Se la probó.

No era muy bonita, de hecho era totalmente
ordinaria, pero era justo lo que
necesitaba.

Se colocó la capucha sobre la cabeza
para cubrir sus bellísimos cabellos.

Se envolvió en la capa, vieja y rarísima,
con mucho cuidado de ocultar todas sus
extraordinarias ropas.

Ahora sí parecía una de sus vecinos...
tan, tan ordinaria.

Se miró al espejo una última vez.

«Es perfecto», se dijo para sí.

La anciana era tan, tan feliz.

Por fin había encontrado una forma
de visitar a sus vecinos sin asustarlos.

Con la capa y la capucha bien puestas,
se apresuró a salir por la puerta de su
casita, en lo alto de la colina.

Ya de camino, la anciana notó
algo de lo más extraño.

¡Todas las cosas más allá de la verja
de su jardín eran tan sosas!

¡Por no hablar de los colores... casi no existían!
Todas las cosas que crecían más allá de su
verja eran aburridas y ordinarias.

Esto le llenaba de tristeza.

Los animales que se iba
encontrando eran tan, tan ordinarios...

Y ninguno hacía ningún ruido.

Hasta los pájaros eran tan
ordinarios que no sabían volar.

Tan solo caminaban,
sin ni siquiera aletear.

¡¡Figúratelo!!

«Vaya, vaya… ¡Esto no puede ser!»,
se dijo la mujer.

«Es mucho peor de lo que pensaba.
Será mejor que haga algo extraordinario
para arreglar las cosas».

Fue así como, mientras caminaba por
el sendero, comenzó a sacar la mano de
la capa para pasarla, con un gesto,
por todas las cosas que veía.

29

En seguida comenzaron a ocurrir
cosas de lo más extraordinario.

Los árboles, las plantas y las flores
dejaron de ser ordinarios.

Ahora eran especiales, y adoptaban una
forma y un color totalmente diferentes a
todo lo demás.

De repente, el campo estaba lleno
de colores extraordinarios.

Al pasar la mano sobre los animales que
se iba encontrando por el camino,
estos también dejaban de ser ordinarios.

Ahora, cada uno de ellos hacía un
sonido propio y extraordinario.

Las vacas se pusieron a mugir,
los perros a ladrar, los patos a graznar, e incluso
los ratoncillos comenzaron a chillar.

"Eso me gusta más" dijo la anciana.

"Nada debería ser ordinario cuando
es tan fácil ser extraordinario."

Mientras caminaba, la mujer se topó
con una bandada de pájaros que paseaba
por un campo cercano.

Una vez más, sacó la mano de la capa
e hizo un amplio gesto con ella.

Y ocurrió algo totalmente extraordinario.

De repente, los pájaros se alzaron
al cielo y comenzaron a volar.

¡Era un milagro!

Al notar lo que había ocurrido,
que de repente eran capaces de volar, los pájaros
abrieron el pico y se pusieron a trinar.

Cada uno de ellos cantaba una melodía diferente.

Y juntas, sus voces componían el
sonido más maravilloso que la anciana
hubiese oído nunca.

Ahora, tanto el cielo como la tierra estaban llenos
de cosas y sonidos extraordinarios.

Había plantas, flores y árboles extraordinarios; vacas,
patos y ratoncillos; y pájaros de colores extraordinarios
que trinaban canciones extraordinarias.

Todo esto llenaba de felicidad a la extraordinaria mujer.

Poco después, la extraordinaria anciana
llegó a las puertas de la aldea.

Oía el ajetreo de sus vecinos,
que se afanaban en sus tareas dentro del pueblo.

Se detuvo antes de entrar a la aldea y se preguntó:

«¿Y si mis vecinos me reconocen?
¿Y si se asustan?
¿Y si me dicen que me vaya?».

PARTU
43

Estuvo a punto de dar media vuelta y volver
a casa, a toda prisa, sin visitar a sus vecinos.

Pero al mirar alrededor y ver todas las
cosas extraordinarias que habían ocurrido de
camino a la aldea, entendió que debía continuar.

Fue así como, con mucho cuidado y con aún más sigilo,
abrió la puerta de la aldea con la mano y se
adentró en ella dando unos primeros pasos.

Su disfraz funcionaba.

Gracias a la capa y la capucha, ninguno
de sus vecinos sabía que se trataba de
la extraordinaria mujer en lo alto de la colina.
«Es fantástico», se dijo para sí.

«Por fin podré caminar y hablar
con mis vecinos sin asustarlos».

«Estoy segura de que podré traer alegría
y felicidad a todos los habitantes de la aldea».

Mientras caminaba,
se encontró con un grupo de niños.

Tenían un aspecto tan, tan triste.

Eran muy ordinarios.

Ninguno jugaba, ninguno reía...
¡ni siquiera sonreían!

Esto le partía el corazón.

—¿Qué hacéis, niños? —
preguntó la anciana.

—Cosas ordinarias —
respondieron con sus voces ordinarias.

—¿Y os gustaría ser extraordinarios? —
preguntó.

—¿Cómo se hace eso?
Solo sabemos ser normales y ordinarios —
contestaron.

—No os preocupéis, ¡yo me encargo! —
dijo ella.

Y se sacó una gran pelota roja
de la vieja y ordinaria capa.

¡Parecía cosa de magia!

Lo que veían sorprendió tanto a los
niños que los ojos se les abrieron como
platos. Nunca antes habían visto una pelota.

Era una pelota roja, rojísima.

Y en un abrir y cerrar de ojos, antes incluso
de lo que se tarda en decir «extraordinario»,
la gran pelota roja estaba dando botes
entre los niños.

Y entonces ocurrió lo más extraordinario de todo.

¡Los niños comenzaron a sonreír!
Sus sonrisas se fueron convirtiendo en risas,
y al reírse dejaron de ser ordinarios...
¡Ahora eran niños muy extraordinarios!

Mientras jugaban y reían, ocurrió otra cosa extraordinaria.

Sus ropas, también, comenzaron a cambiar.

Azul por todos lados, muchos tonos colorados,
un poquito de oro y otra pizca de plateado.

¡Qué sorpresa tan maravillosa!

¡Qué alegría tan inmensa!

Su felicidad resonó en la aldea
como toques de campana.

Los mayores de la aldea dejaron a un lado sus labores
y se apresuraron al lugar en que jugaban los niños.

Nunca antes habían oído el sonido de la risa, y al principio
temieron que estuviese ocurriendo algo malo.

Los mayores estaban ahí, plantados,
viendo a los niños jugar con la gran pelota roja.
¿Y a que no sabéis qué ocurrió entonces?

El extraordinario sonido de los niños riendo, los colores
extraordinarios de sus ropas, y su enorme alegría y felicidad,
dibujaron una sonrisa en los rostros de los mayores.

De repente, estas sonrisas fueron
creciendo hasta convertirse en risa.

Y antes de lo que se tarda en decir «extraordinario»,
todos los mayores comenzaron a transformarse:
ya no eran normales y ordinarios, sino
maravillosos y extraordinarios.
¡Como si nada!

Mientras reían, los pies de los mayores comenzaron a
moverse de la forma más curiosa que podáis imaginar.
De pronto, como por arte de magia, había música sonando.

Lo que oían sorprendió tanto a los mayores
que los ojos se les abrieron como platos.

Se miraron unos a otros, abrieron los brazos,
se cogieron de la mano por parejas y comenzaron a bailar.

¡Era algo totalmente extraordinario!
Nadie había bailado nunca antes en la aldea. Y, mientras los
mayores bailaban dando vueltas por todas partes,
comenzó a ocurrir otra cosa extraordinaria.

Sus ropas se iban haciendo extraordinarias.
Azul por todos lados, muchos tonos colorados,
un poquito de oro y otra pizca de plateado.

¡Qué sorpresa tan maravillosa!

¡Qué alegría tan inmensa!

Su felicidad resonó en la aldea como toques de campana.

59

Con tanta cosa extraordinaria ocurriendo a su alrededor,
los mayores no habían reparado en la anciana.
Pero ahí estaba ella, tan feliz que no cabía en sí.

Pero había algo raro, raro de verdad. ¿Sabéis qué era?

Con tanta risa, tanta alegría, tanta música y tanto baile, la aldea
al completo se había convertido en un lugar muy extraordinario.

Ahora la única persona que seguía pareciendo ordinaria era la sabia
anciana, con su vieja capa y la capucha bien sujeta en torno al rostro.

Pronto, la gente de la aldea dejó de reír y bailar y
dirigió su mirada a la anciana.

Tenían miedo... era tan diferente a ellos. ¡Tan, tan ordinaria!

—No tengáis miedo, soy yo...
la mujer que vive en lo alto de la colina.
Somos vecinos, y espero que ahora podamos ser amigos.—

Dicho esto, se abrió la capa, se quitó la capucha
y les mostró cómo de extraordinaria y maravillosa
era ella también.

Todos se reunieron en torno a ella.
No daban crédito a sus ojos.

Estaban tan agradecidos por todas las cosas extraordinarias
que había hecho por ellos, que querían hacerla reina de la aldea.

Ella sonrió con dulzura y les dijo:

—Os lo agradezco de verdad, pero lo único que deseo
es que seamos amigos y que seamos felices.

Y entonces dijo lo más extraordinario de todo.

—Sabéis, no fui yo la que os cambió, a vosotros y a la aldea,
para que dejaseis de ser ordinarios y fueseis extraordinarios.
Fue vuestra propia risa, alegría, baile y juego.

—Por eso, cada vez que queráis ser especiales, no tenéis más que reír.
Y cuando lo hagáis, eso me hará feliz.

Y así fue como, a partir de aquel día tan extraordinario,
nunca más ocurrió nada ordinario en aquella aldea.

The End

Richard Wagner

Richard Wagner, M.Div., Ph.D.

Richard es psicoterapeuta
y práctica su actividad desde
el año 1981.
Vive en Seattle, WA.

David Cantero

David Cantero
Ilustrador y dibujante

Licenciado en artes graficas,
comics e ilustracion, en 1996,
por la Real Academia de Bellas
Artes de Lieja, Belgica.

Vive en Barcelona, España.